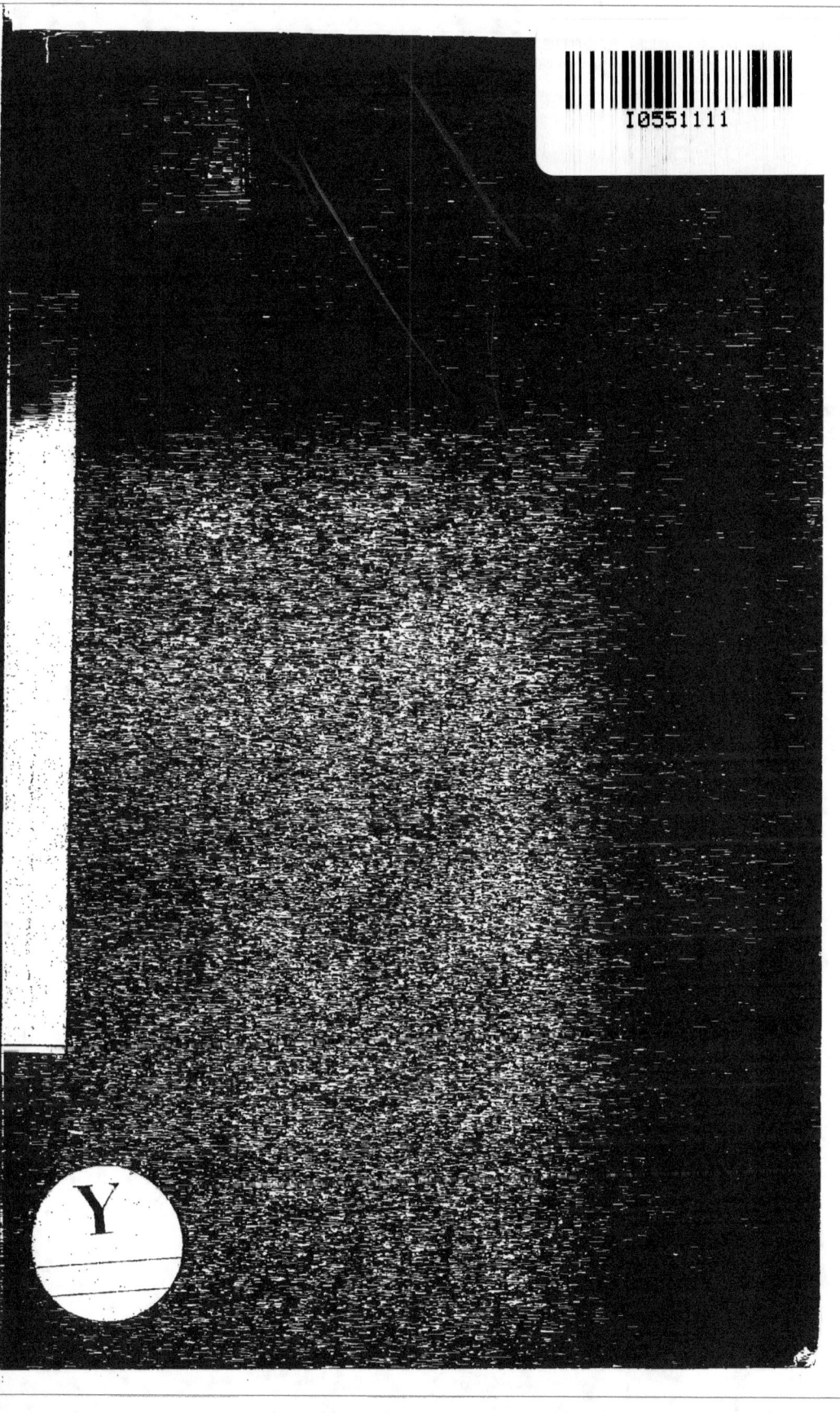

ODE

SUR LA GRÈCE.

IMPRIMERIE DE HOCQUET.

ODE

SUR LA GRÈCE,

Par M. LEPEINTRE.

~~~~~~~~~~~~~~~~~

PRIX : 5o CENT.

~~~~~~~~~~~~~~~~~

PARIS,

CHEST {
DELAUNAY, Libraire au Palais-Royal;
VENTE, Libraire, Boulevard Italien, n° 7 ;
PONTHIEU ,
CHAUMEROT.
Mme DUFRICHE
} Libraires au Palais-Royal.

1822.

ODE

SUR LA GRÈCE.

O Grèce, autrefois la patrie
Des sages et des demi-Dieux,
Tu semblais pour toujours flétrie
Sous le joug le plus odieux!
Du malheur la longue habitude,
De tes fils dans la servitude
Avait enfin brisé les cœurs ;
Telle était leur lâche faiblesse,
Que satisfaits de leur bassesse
Ils rampaient aux pieds des vainqueurs.

Mais quelle scène inattendue
Tout-à-coup s'offre à mes regards ?
Bellone aux Grecs est apparue
Et relève leurs étendards ;
Enflammés d'une ardeur guerrière,
Ils sont sortis de la poussière,
Et courent sur leurs oppresseurs.
Le farouche Arnaute se trouble ;
L'espoir de la Grèce redouble ;
Elle a trouvé des défenseurs.

D'où vient l'orgueil de ces barbares
Dont la Mort suit les pas sanglans?
Vils esclaves nés des Tartares,
Où sont leurs exploits éclatans?
Mortels féroces et stupides,
Ce n'est que dans les homicides
Qu'ils savent être ingénieux;
Guerriers sans art, comme sans gloire,
Ils cèdent toujours la victoire,
Et sont toujours les plus nombreux.

O surprise ! l'affreux despote
Qui tient le sceptre de Pyrrhus,
Persécuteur du Parganiote
Secourt les fils de Danaüs !
A la fin las de tous ses crimes
Lui-même venge ses victimes,
Et prodigue aux Grecs ses trésors.
Dans leurs rangs marchent ses sicaires,
Et dans le sang des Janissaires
Il cherche à noyer ses remords.

Mais d'un scélérat l'alliance
Sert les Grecs, ne les séduit pas ;
S'ils tombent malgré leur vaillance,
Ils mourront en Léonidas.
Ah ! sans une cause aussi sainte,
Le désespoir seul de la crainte
Terrasserait leurs ennemis !
Par ceux-ci qu'aveugle la rage,
Au lieu d'un nouvel esclavage,
D'affreux tourmens leur sont promis.

Accourez donc nobles Hellènes,
Pallas fixera votre sort !
C'est peu d'avoir brisé vos chaînes,
Cherchez la victoire ou la mort.
O miracle de l'énergie !
Armés de leurs seule furie,
Ils se signalent en héros !
De toutes parts le sang ruisselle,
Le fougueux Musulman chancelle
Vaincu par des guerriers nouveaux.

La Victoire en son vol rapide
Court du Pénée à l'Eurotas ;
Et le Spartiate intrépide
Plante ses drapeaux dans Patras.
Des Turcs les hordes dispersées,
De Corinthe et d'Argos chassées
Vont confier leur fuite aux vents :
Jouets de l'élément humide,
L'horreur de leur race perfide
Soulève les flots mugissants.

D'Hydra les flottes triomphantes
Secondant ces premiers exploits,
Par leurs attaques foudroyantes
Mettent l'Osmanlis aux abois.
Quoi! tu veux combattre sur l'onde,
Toi dont l'ignorance profonde
Pousse tes vaisseaux sur l'écueil?
Oui, c'est le trident de Neptune
Qui doit abattre ta fortune,
Et creuser un jour ton cercueil!

La Renommée a dans Bysance
Des défaites porté le bruit;
L'arbre hideux de la vengeance
Bientôt va produire son fruit.
Mahmoud, troublé dans ses délices,
Ordonne aussitôt les supplices,
Toujours empressé de punir.
S'il ne se montrait implacable,
D'une populace indomptable,
Pourrait-il se faire chérir?

Quand d'un tourbillon de fumée
Dont l'Etna voit noircir ses flancs,
S'élance la lave enflammée
Qui se précipite en torrens :
Dans les flots d'une ardente écume.
Des forêts que le feu consume,
On voit les débris entraînés ;
Pour combler l'horreur du ravage
La mer inonde le rivage,
Les Aquilons sont déchaînés.

Un spectacle plus effroyable
Fait trembler ici l'Univers.
D'un peuple, ô rage impitoyable !
Les hurlemens troublent les airs.
D'un autre peuple sans défense
Le fer va trancher l'existence,
Les Chrétiens tombent égorgés.
De mort les bourreaux sont avides,
Et des milliers de corps livides
Sur la terre sont entassés.

Ils rugissent les frénétiques
Altérés de sang et de pleurs!
Par leurs préjugés fanatiques
S'accroissent encor leurs fureurs.
D'une religion cruelle
Le meurtre paraît à leur zèle,
Satisfaire mieux les desseins.
Ah! que la Nature l'abhorre
Cet *Alla* que le Turc adore,
Il est le Dieu des assassins!

Mais pourquoi cet infâme exemple,
Pourquoi ce forfait isolé?
Le pontife aux portes du temple,
La croix en main est immolé!
Il provoque un nouveau carnage,
Ce visir, dont la froide rage
Siège sur le front insultant!
Que vois-je? il joint l'outrage au crime,
Et vient fouler de sa victime
Les restes encor palpitants!

Voyez ces vierges gémissantes
Objets d'infernales amours,
Comme des colombes tremblantes
En proie à de cruels vautours !
Pleurons sur ces infortunées,
Dont par des hordes effrénées
Vont être fécondés les flancs.
De brigands horrible tendresse !
Qu'à repousser en leur détresse,
S'efforcent leurs bras impuissans !

Mithridate au sein de l'Asie,
Faisant massacrer les Romains ;
Sylla rougissant l'Italie
Du sang des maîtres des humains ;
Les plus grands crimes, par l'histoire,
Gravés au temple de Mémoire,
Sont maintenant bien surpassés.
Mais quelles funestes allarmes !
Ces jours pleins de deuil et de larmes
Sont loin encor d'être passés.

O terreur ! trente fois l'Aurore
Eclaire ces atrocités ;
Trente fois les flots du Bosphore
De cadavres sont empestés !
Dans son apathique épouvante ,
Que fait donc l'Europe hésitante
De ses inutiles soldats !
Peuples que retient l'égoïsme ,
Avec quel cruel stoïcisme
Vous comtemplez ces attentats !

O siècle fertile en scandales !
Ces Tartares usurpateurs,
Dignes émules des Vandales ;
Des Chrétiens sont les destructeurs !
La fourbe et lâche politique ;
Et la froideur philosophique
Ont perverti l'humanité.
Rois , qui pourriez sauver la Grèce ,
Ah ! votre timide sagesse
Compromet la Postérité !

Redoutez, souverains du monde ;
Le pouvoir futur du Croissant ;
Laissez, d'une chute profonde ;
Tomber cet astre pâlissant.
Oubliez-vous que l'esclavage,
Le feu , le fer et le ravage ,
Vous sont par l'Afrique apportés ?
Tremblez ! vos états tributaires,
Par des myriades de corsaires ,
Un jour se verront dévastés.

Cependant aux combats s'apprête
Le géant du Septentrion ;
Bysance sera sa conquête :
Je te vois frémir Albion !
Le Dieu terrible des batailles
A préparé des funérailles
Aux cannibales ottomans.
Ah ! de ces monstres, que la guerre
Vienne à jamais purger la terre ,
Trop avare de châtimens !

Ils vont être réduits en poudre,
Ces Turcs, l'opprobre des mortels !
Mais qui peut retenir la foudre
Prête à venger les saints autels ?
Voyez le Léopard avide,
Ami de ce peuple homicide,
S'en déclarer le protecteur !
L'oppresseur restera tranquille ;
L'opprimé sera sans azile,
Grâce à l'heureux médiateur.

Que vos héroïques courages,
O Grecs, n'en soient point abattus !
Seuls vous ferez tête aux orages,
Mais c'est à force de vertus.
Vos destins comme ceux de Rome
Ne dépendront que d'un grand homme :
Vous-le trouverez dans vos rangs ;
Donnez-lui le pouvoir suprême,
Et son front, ceint du diadême,
Sera l'effroi de vos tyrans.

Dieu dont la sagesse profonde
Gouverne ce vaste univers!
S'ils ont civilisé le monde,
Doivent-ils périr dans les fers?
Grand Dieu! par ta toute puissance
Qu'ils recouvrent leur existence
Après dix siècles de douleurs!
Fais que nous revoyons la Grèce
Belle d'ardeur et de jeunesse
Briller de nouvelles splendeurs!

Où suis-je? mon esprit s'élance
Et franchit la hauteur des Cieux!
De la Divine Providence
L'éclat vient éblouir mes yeux:
Dans son immuable justice,
Aux Grecs elle sera propice:
Ils triompheront de la mort:
Mais l'horreur, l'opprobre et la gloire
Mais le martyre et la victoire
Long-temps balanceront leur sort.

FIN.